A HISTÓRIA DE MALALA YOUSAFZAI

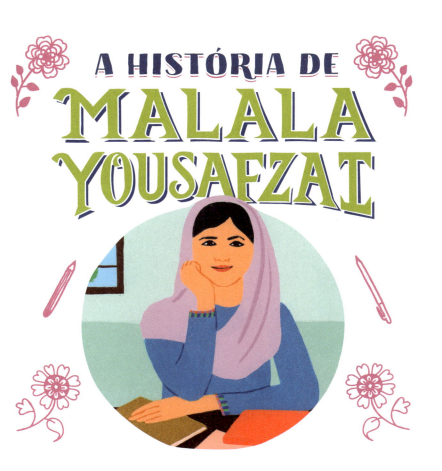

Inspirando novos leitores

— Escrita por —
Joan Marie Galat

— Ilustrada por —
Aura Lewis

Traduzida por **Cláudia Mello Belhassof**

astral
cultural

Copyright © 2020, Rockridge Press, Emeryville, California
Copyright © 2020, Callisto Media, Inc.
Ilustrações © 2020, Aura Lewis
Publicado pela primeira vez em inglês pela Rockridge Press, uma marca da Callisto Media, Inc.
Tradução para Língua Portuguesa © 2021, Cláudia Mello Belhassof
Todos os direitos reservados à Astral Cultural e protegidos pela Lei 9.610, de 19.2.1998. É proibida a reprodução total ou parcial sem a expressa anuência da editora.
Este livro foi revisado segundo o Novo Acordo Ortográfico da Língua Portuguesa.

Produção editorial Aline Santos, Bárbara Gatti, Jaqueline Lopes, Mariana Rodrigueiro, Natália Ortega e Renan Oliveira
Preparação de texto Alline Salles **Revisão** Luciana Figueiredo
Foto da autora Rob Hislop Fotografia
Foto da Ilustradora Eugenia Mello
Mapas Cortesia de Creative Market
Fotos © dpa picture alliance/Alamy Stock Photo (p. 51 e 54); SOPA Images Limited/Alamy Stock Photo (p. 53)
Ilustrações Aura Lewis
Capa Jane Archer
Design Angela Navarra

CIP-BRASIL. CATALOGAÇÃO NA PUBLICAÇÃO
SINDICATO NACIONAL DOS EDITORES DE LIVROS, RJ

G147h

    Galat, Joan Marie, 1963-
        A história de Malala / Joan Marie Galat ; ilustração Aura Lewis ; tradução Cláudia Mello Belhassof. - 1. ed. - Bauru [SP] : Astral Cultural, 2021.
        64p.; il.

    Tradução de: The story of Malala Yousafzai
    Inclui bibliografia
    ISBN 978-65-5566-136-1

    1. Yousafzai, Malala, 1997- - Literatura infantojuvenil. 2. Mulheres jovens - Educação - Paquistão - Literatura infantojuvenil. 3. Ativistas pelos direitos humanos - Paquistão - Biografia - Literatura infantojuvenil. I. Lewis, Aura. II. Belhassof, Cláudia Mello. III. Título.

21-69638   CDD: 920.72
                                                  CDU: 929-055.2

Meri Gleice Rodrigues de Souza - Bibliotecária - CRB-7/6439

 ASTRAL CULTURAL EDITORA LTDA.

BAURU
Av. Duque de Caxias, 11-70
CEP 17012-151 - 8º andar
Telefone: (14) 3235-3878
Fax: (14) 3235-3879

SÃO PAULO
Rua Major Quedinho 11, 1910
Centro Histórico
CEP 01150-030

E-mail: contato@astralcultural.com.br

SUMÁRIO

CAPÍTULO 1 — Nasce uma ativista — 4

CAPÍTULO 2 — Os primeiros anos — 11

CAPÍTULO 3 — O sonho com um mundo melhor — 17

CAPÍTULO 4 — Vivendo com medo — 23

CAPÍTULO 5 — Uma voz de esperança — 30

CAPÍTULO 6 — O dia em que tudo mudou — 37

CAPÍTULO 7 — Uma nova vida — 43

CAPÍTULO 8 — Então... Quem é Malala Yousafzai? — 50

GLOSSÁRIO — 57

BIBLIOGRAFIA — 60

Conheça Malala

Malala Yousafzai (Iu-zaf-SAI) tinha apenas 11 anos quando ir à escola se tornou uma tarefa insegura. Pouco tempo antes, **militantes** conhecidos como **Talibãs** tinham criado novas leis para sua cidade no Paquistão. Antes de o Talibã se tornar forte, as mulheres e as meninas adolescentes podiam escolher se queriam ou não usar **burcas**, que são roupas que vão da cabeça aos pés com pequenas fendas na região dos olhos. Agora, todas as mulheres e meninas mais velhas eram obrigadas a usá-las. A televisão e o rádio foram proibidos. As meninas com mais de 10 anos não podiam mais ir à escola.

    Malala ficou horrorizada. Ela adorava ler e aprender. Seu sonho era ser médica. Como isso poderia acontecer sem ela estudar? Todas as pessoas que quebrassem as regras seriam punidas. O Talibã carregava armas e patrulhava as ruas. Mas Malala não conseguiu ficar calada. Ela se tornou uma **ativista** — uma

pessoa que tenta mudar coisas que são injustas.

A família de Malala é **muçulmana**. Eles praticam a religião do **islamismo**, que segue um livro sagrado chamado **Alcorão**. Quando rezam para Deus, eles o chamam pelo nome especial de **Alá**. Os talibãs também eram muçulmanos, mas eles eram **extremistas**. A maioria das pessoas achava suas crenças irracionais.

Malala lutava fazendo discursos sobre por que a **educação** é importante para todos. Outras pessoas também falavam abertamente. Por fim, o Talibã permitiu que as meninas voltassem às aulas. Mas estabeleceram uma nova regra: as meninas teriam que usar burcas. Viver sob o domínio do Talibã era difícil, mas Malala continuou a exigir **justiça**.

Conforme você for conhecendo Malala, vai ver como a coragem a tornou famosa. Em todo o mundo, as pessoas querem saber mais sobre ela. Como uma menina tão nova se tornou ativista? O que ela pode fazer a seguir?

> **— PARA —**
> **PENSAR**
>
> Como seria sua vida se você não pudesse ir à escola?

O mundo de Malala

Malala Yousafzai nasceu em 12 de julho de 1997, em Mingora, uma cidade no Vale do Swat, no Paquistão. A reação de seu pai quando ela nasceu surpreendeu a todos. Ele ficou feliz por ter uma filha! Muitos **pachtuns**, pessoas no Paquistão ou no Afeganistão que falam **pachto**, não comemoram o nascimento de uma menina. Isso porque as filhas são vistas como um fardo. Os pais têm que proteger a **reputação** da filha. Se uma menina se comportar mal, a família perde o respeito. Mas os filhos podem ter empregos e levar riqueza para casa. Eles podem crescer e cuidar dos pais idosos. Quando nasce um menino, os pachtuns dão uma festa!

Quando Malala chegou, seus pais não tinham dinheiro para ir ao hospital. A mãe de Malala, Toor Pekai, deu à luz na casa de dois cômodos da família, um lugar sem banheiro e sem cozinha. Toor tinha que cozinhar sobre uma fogueira no chão.

Quando os vizinhos dos Yousafzais souberam que o bebê era uma menina, ficaram com pena de Toor. Mas o pai de Malala, Ziauddin (Zi-au-DIN), não pensava como muitos pachtuns. Ele se lembrava de quando Benazir Bhutto tinha se tornado a primeira **primeira-ministra** do Paquistão. Ela mostrou que as mulheres podem fazer coisas importantes. Ziauddin imaginou que Malala também iria se tornar uma mulher forte. Ele olhava nos olhos da filha e imaginava um grande futuro. Ziauddin sentia que havia alguma coisa diferente naquela criança.

Embora a maioria das famílias tratasse os filhos e as filhas de maneira diferente, Ziauddin acreditava que todas as crianças deviam ter as mesmas **oportunidades**. O pai de Malala era professor e administrava uma escola onde meninas e meninos aprendiam juntos. Ele inspirou Malala a lutar contra a **injustiça** quando o Talibã chegou ao Vale do Swat.

MITO & FATO

As meninas nunca tiveram permissão para ir à escola no Paquistão.

Antes de o Talibã chegar ao poder, Malala e muitas outras meninas podiam ir à escola.

QUANDO?

Benazir Bhutto se torna primeira-ministra.
1988

Ziauddin abre sua primeira escola.
1994

Nasce Malala.
12 DE JULHO DE **1997**

CAPÍTULO 2
OS PRIMEIROS ANOS

Crescendo no Paquistão

Poucos meses depois do nascimento de Malala, sua família se mudou para um apartamento com três cômodos em cima da escola de Ziauddin. Agora eles tinham água corrente. Malala gostava de visitar a escola, mesmo quando era bem pequena. Ela entrava nas salas de aula e, às vezes, fingia ser a professora.

Nos primeiros anos de Malala, ela passava a maior parte do tempo com a mãe. Ziauddin estava ocupado administrando a escola. A mãe de Malala ainda não sabia ler nem escrever, mas acreditava nas mesmas coisas que Ziauddin. Ela incentivava a filha a aprender.

A casa de Malala estava sempre cheia de visitas. Ela gostava de

ter companhia. Sua mãe estendia um pedaço de plástico comprido no chão, e, depois, ela colocava comidas sobre o plástico. Ziauddin lia poesia ou contava histórias sobre seus **ancestrais** na tribo Yousafzai.

Três anos depois do nascimento de Malala, seu irmão Khushal chegou. Quatro anos depois, outro irmão nasceu: Atal.

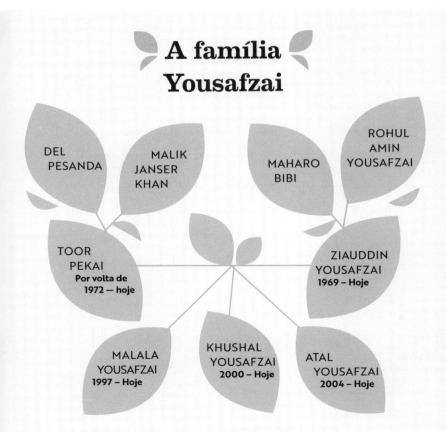

MITO &	FATO
Todas as crianças vão à escola no Paquistão.	Algumas famílias não mandam as meninas para a escola. Muitas crianças não podem frequentar a escola por causa da pobreza.

Vida de menina

Malala começou a estudar quando tinha cinco anos. Ela gostava de experimentar todas as atividades, do teatro aos esportes, como o **badminton**. Ela se esforçava muito para tirar boas notas, principalmente em matemática, matéria que achava mais difícil. Malala queria a ser a primeira na lista de honras.

Quando não estava lendo, Malala adorava subir no telhado da sua casa. Ela olhava para as montanhas cobertas de neve que cercavam o Vale do Swat e sonhava acordada. Malala também gostava de jogar **críquete** com os irmãos e vizinhos.

Nos feriados, a família de Malala viajava para as aldeias onde seus pais tinham crescido. Enquanto as mulheres cozinhavam para os homens, ela brincava com as primas. Uma das brincadeiras preferidas era de "casamentos". As meninas fingiam ser noivas e se enfeitavam com joias. Todos sabiam que alguns pais arranjavam casamento para as filhas jovens em vez de mandá-las para a escola. Muitos consideravam a educação de meninas um desperdício de dinheiro. Malala agradecia porque seu pai a queria na escola.

Quando Malala ficou mais velha, a aldeia pareceu menos divertida. Algumas das **tradições** que os moradores seguiam eram rígidas. As adolescentes precisavam ficar dentro de casa. As mulheres cobriam o rosto quando saíam. Elas não falavam com homens, a menos que fossem parentes. Malala achava essas tradições injustas. Elas significavam que,

— PARA — PENSAR

Como você iria se sentir se não pudesse fazer o que quer só porque é menino ou menina?

um dia, ela não poderia mais jogar críquete e que teria que cozinhar para os irmãos.

Malala amava o Vale do Swat, mas era difícil não pensar nas regras diferentes para meninos e meninas, e mulheres e homens. Ela ficou imaginando se havia um jeito de todos serem tratados com igualdade.

QUANDO?

| A família Yousafzai se muda para os cômodos em cima da escola. | Nasce o irmão de Malala: Khushal. | Malala começa a estudar. | Nasce o outro irmão de Malala: Atal. |

OUTUBRO DE 1997 — **2000** — **2002** — **2004**

O lápis mágico

Com o tempo, os Yousafzais se mudaram para uma nova casa. Eles também compraram uma televisão. No programa preferido de Malala, um menino desenhava com um lápis mágico. Tudo o que ele desenhava se tornava real. Malala queria um lápis mágico. Ela sabia exatamente quem ajudaria primeiro com ele.

No Vale do Swat, as pessoas muitas vezes jogavam o lixo em terrenos baldios. Certo dia, a mãe de Malala pediu que ela levasse algumas cascas de batata e cascas de ovo para o lixão perto de casa. Malala viu crianças vasculhando o lixo. Pareciam sujas e davam a

impressão de que ninguém cuidava delas. As crianças estavam separando metal, vidro e papel para vender. Malala ficou com o coração partido. Era tão injusto eles terem que trabalhar. Ela queria que todas as crianças pudessem ir à escola como ela. Se ao menos ela tivesse um lápis mágico!

    Malala levou o pai até o lixão. Ele tentou falar com as crianças, mas elas fugiram. Ela implorou a Ziauddin para ele permitir que as crianças frequentassem sua escola de graça. Não foi a primeira vez. Malala e sua mãe já o haviam convencido a permitir que algumas meninas frequentassem a escola sem pagar a **mensalidade**. Assim como Ziauddin, a mãe de Malala costumava ajudar as pessoas. Apesar de a família nem sempre ter dinheiro suficiente, Toor dava café da manhã para os alunos

> **— PARA —**
> **PENSAR**
>
> Por que a educação é tão importante? Como as pessoas podem usar uma boa educação para ajudar os outros?

famintos. Ela também visitava pessoas no hospital. Malala sabia que seria necessário mais do que um lápis mágico para ajudar de verdade. Ela entendia que a educação era sua melhor ferramenta.

O perigo ataca

Malala tinha oito anos quando sua mesa começou a tremer. Era um terremoto, o maior que tinha atingido o Vale do Swat. Com o coração acelerado, todos correram para fora. Por fim, os estrondos pararam. Malala e seus irmãos correram para casa para encontrar a mãe. Toor chorou e abraçou os filhos.

Tremores secundários sacudiram o vale até a noite. Ziauddin voltou tarde para casa. Ele precisou verificar cada prédio de sua escola para ter certeza de que estava tudo bem. Malala ficou feliz em saber que a escola do pai estava segura, mas ela ainda estava com medo. Alguns prédios em Mingora tinham desabado. Outras áreas estavam piores, com aldeias inteiras reduzidas a escombros. **Deslizamentos de terra** bloquearam estradas, e algumas pessoas ficaram presas. Mais de um milhão de pessoas perderam suas casas. Muitos morreram e ficaram feridos. Milhares de escolas foram destruídas. Malala ajudou a mãe a conseguir cobertores. Ela trabalhou com os colegas para arrecadar dinheiro às vítimas.

Naquela época, o Paquistão era liderado por um **ditador** que não fez quase nada para

> " Existem muitos problemas, mas acho que há uma única solução para todos eles: **educação**. "

ajudar. Os **governos** locais não conseguiam trabalhar sem prédios e sem eletricidade. Na confusão, grupos militantes tentaram assumir o poder. Eles montaram hospitais e arrumaram ajuda para conquistar as pessoas. Eles também espalhavam duras opiniões extremistas sobre todos os que viviam no Vale do Swat. Os militantes diziam que o terremoto era a punição de Deus porque eles não seguiam a lei islâmica de maneira adequada. Malala ficou pensando por que o governo não se esforçou mais para ajudar. Ela também se perguntou o que pensar dos extremistas. Será que eles tornariam a vida mais difícil?

QUANDO?

Ocorre o maior terremoto do Vale do Swat.
OUTUBRO DE 2005

Grupos militantes assumem o poder no Vale do Swat.
2005 A 2006

A ascensão do Talibã

Em Mingora, muitas pessoas eram **analfabetas** — não sabiam ler nem escrever. A melhor maneira de alcançá-las era pelo rádio. Maulana Fazlullah (Mau-LÃ-na Fazlu-LÁ), um líder extremista, inaugurou uma estação de rádio. Ele disse que o fato de as mulheres terem muita liberdade provocou o terremoto. Ele também culpou a música, os filmes e a dança.

Malala viu os seguidores dele atearem fogo a TVs, CDs e DVDs. Fazlullah disse que Deus puniria aqueles que não o ouvissem. Malala perguntou ao pai se aquilo era verdade. Ele respondeu que Fazlullah estava enganando as pessoas. Em vez de jogar a TV fora, Ziauddin a escondeu em um armário.

Os extremistas destruíram estátuas, pinturas e até alguns jogos de tabuleiro. Certo dia, Fazlullah anunciou que as meninas não deviam ir à escola. Malala ficou com medo de ser obrigada a passar a vida toda dentro de casa. Ziauddin tomou uma decisão. Apesar de ser perigoso, ele ia manter suas escolas abertas para meninos e meninas. Malala ficou nervosa, mas continuou a ir à escola.

À noite, os extremistas começaram a destruir escolas. Eles atacaram as forças policiais locais e assumiram o controle de Mingora. O governo enviou tropas para combater os extremistas. Por um curto período, Malala se sentiu esperançosa. Mas os extremistas voltaram, agora proibindo computadores e livros.

Nos dias de escola, Malala escondia os livros sob o xale. Ela mantinha a cabeça

baixa e corria para a aula, esperando que os extremistas não a notassem. À noite, Malala escondia os livros embaixo da cama, pois tinha medo do que poderia acontecer.

MITO: Qualquer pessoa pode ler o Alcorão para aprender sobre a lei islâmica.

FATO: Muitas pessoas não sabiam ler. Eles não sabiam que os extremistas estavam inventando leis religiosas.

Falando alto

Os extremistas uniram forças com outros grupos militantes. Agora chamados de Talibãs do Paquistão, o poder deles aumentou. Mais regras foram lançadas pelo rádio.

Ativistas como o pai de Malala tentaram resistir. Ele estimulava os alunos a falarem. Algumas meninas, incluindo Malala, com 11 anos, falavam sobre paz e educação na TV.

Com o tempo, porém, menos pais permitiam que as filhas dessem entrevistas. As meninas tinham chegado à idade da **purdah**, a prática de se esconder dos homens.

Malala ficou feliz porque seu pai não tirou sua liberdade. Uma das maiores emissoras de TV do Paquistão a tinha convidado para uma entrevista. Malala percebeu que sua voz tinha poder. Ser ouvida lhe dava esperança. Malala achava que, se um homem no rádio podia causar tantos problemas, uma menina devia conseguir fazer uma mudança para melhor.

Agora Malala também era uma ativista. Ela fez seu primeiro discurso público em 2008. Aconteceu em Peshawar, uma cidade a cerca de três horas de carro em direção ao sudoeste. Malala falou sobre o Talibã ter tirado seu direito à educação.

— PARA — PENSAR

Por que é importante defender suas crenças? Você já defendeu alguma coisa relevante? O quê?

Certo dia, o Talibã disse que todas as escolas para meninas deveriam fechar. Malala se recusou a desistir. Ela começou a escrever no **blog** da **BBC** (Corporação Britânica de Radiodifusão, traduzido do inglês). Ela escrevia sobre como era ser mulher e viver sob o domínio do Talibã. Seu primeiro post se chamava "Estou com medo".

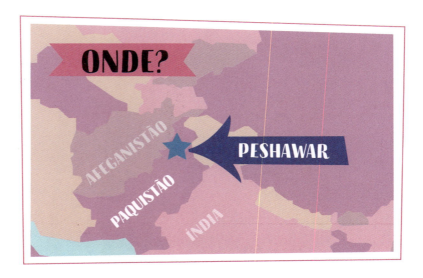

28

Malala escrevia com o nome de Gul Makai. Usar seu próprio nome seria arriscado. Muitas pessoas admiraram o redator do blog por falar a verdade. Com o tempo, algumas pessoas perceberam que era Malala que estava escrevendo. O Talibã também descobriu.

CAPÍTULO 5

UMA VOZ DE ESPERANÇA

Escondida

Com o tempo, Fazlullah decidiu permitir que meninas de 10 anos ou menos voltassem às aulas. A professora de Malala, madame Maryam, ainda queria dar aulas para as meninas mais velhas. Ela começou uma turma secreta dentro da escola normal. Malala tinha 11 anos, mas fingiu que era mais nova. Ela usava roupas do dia a dia em vez de uniforme e escondia os livros sob o xale. Ela tentava não parecer nervosa enquanto corria para a escola secreta.

Viver assim deixou Malala com raiva. No blog, ela perguntou por que o exército não impedia os extremistas. Por fim, o exército decidiu assumir o controle. Primeiro, eles disseram a todos para saírem de Mingora. Malala não queria ir. Ela não conseguia parar de chorar.

Malala e sua família se espremeram nos carros de amigos e vizinhos. As estradas estavam congestionadas. Quase um milhão

— PARA — PENSAR

Como seria ter que abandonar sua casa sem nenhum aviso? Como você iria se sentir se a guerra separasse a sua família?

de pessoas tentavam deixar o Vale do Swat ao mesmo tempo. Ziauddin foi a Peshawar para avisar às pessoas o que estava acontecendo. Malala e o resto da família foram para Shangla, a aldeia da família de Ziauddin. Os Yousafzais tinham se tornado **pessoas deslocadas internamente**, pessoas forçadas a se mudarem de suas casas, mas que permanecem no próprio país.

O exército montou bloqueios de estradas. Carregando seus pertences, Malala, a mãe e os irmãos tiveram que caminhar 24 quilômetros até Shangla. Eles ficaram com parentes, e Malala pôde voltar à escola. Depois das aulas, ela ouvia o rádio, na esperança de ter boas notícias.

 Trabalhando pela paz

Depois de quase seis semanas em Shangla, Malala recebeu boas notícias. A família ia para Peshawar para ficar com Ziauddin. Finalmente Malala ia poder abraçar o pai com força. Eles viajaram para Islamabad, **capital** do Paquistão. Richard Holbrooke, **embaixador** americano, estaria lá para uma reunião importante. Malala e Ziauddin foram convidados para o evento. Isso fez Malala sentir que poderia ajudar. Ela sabia que Holbrooke tinha o poder de conduzir mudanças. Ela pediu que ele ajudasse as meninas a estudarem. Holbrooke concordou que o Paquistão tinha muitos problemas, mas não fez nenhuma promessa.

Depois de quase três meses, era seguro voltar para Mingora. Malala ficou triste quando viu as mudanças. Edifícios tinham sido bombardeados e virado escombros. Carros queimados pareciam conchas pretas com crostas. O exército tinha montado **postos de controle** nas estradas para procurar armas e ver quem estava indo e vindo. Seu lar parecia diferente de antes.

Agora com 13 anos, Malala e outras meninas com mais de 10 anos podiam voltar à escola. Embora o exército estivesse no comando de Mingora, o Talibã ainda era uma **ameaça**.

Malala continuou a falar com **repórteres** e a fazer discursos. Ela falava sobre educação para meninas e pedia o fim do **trabalho infantil**, que obrigava as crianças a trabalharem.

Eles não podem me impedir.
Vou conseguir minha educação, seja em casa, na escola ou em qualquer outro lugar.

As pessoas notaram o **ativismo** de Malala. Em 2011, ela recebeu um prêmio importante: o primeiro Prêmio Nacional da Paz do Paquistão. Ele passou a ser conhecido como Prêmio Malala.

QUANDO?

Malala deixa Mingora.
MAIO DE 2009

O Talibã deixa Mingora.
JULHO DE 2009

Malala volta para a escola.
AGOSTO DE 2009

Malala ganha o Prêmio Nacional da Paz do Paquistão.
2011

A volta para casa

Quanto mais Malala falava, mais atenção recebia. O Talibã começou a fazer ameaças contra Malala. Os pais dela se perguntavam se ela devia deixar de ser ativista. Agora com 15 anos, Malala se recusava a desistir. Apesar disso, ela estava nervosa. Todas as noites ela confirmava se as portas e o portão externo estavam trancados. Ela rezava por um mundo mais seguro.

Certo dia, depois da escola, Atal ia pegar o ônibus escolar para casa com a irmã, mas decidiu ir a pé. Malala esperou o ônibus com as amigas. Ela estava gostando de ficar ali com elas. As meninas tinham acabado de fazer uma prova, e Malala achava que tinha ido bem nas respostas.

Quando o ônibus chegou, Malala se sentou com a amiga Moniba, mais ao fundo. O ônibus chegou a um posto de controle do exército. Normalmente havia trânsito, mas naquele dia a estrada parecia tranquila. O ônibus parou de repente. Malala não conseguia ver o que estava acontecendo.

Dois homens armados tinham obrigado o ônibus a parar. Eles subiram a bordo e perguntaram qual das meninas era Malala. Ninguém falou nada, mas seus olhos se voltaram para Malala. Depois disso, Malala não conseguia se lembrar do que aconteceu. Tudo ficou confuso. Quando acordou, Malala estava em um hospital no Reino Unido, a mais de oito mil quilômetros de distância.

> Eu sei a importância da educação porque **minhas canetas e meus livros** foram tirados de mim à força.

 ## Lutando pela vida

Malala tinha sido atacada pelo Talibã. Ninguém sabia se ela ia sobreviver. Ela foi levada de avião a um hospital para tratamento

especial na cidade de Birmingham, na Inglaterra. Quando Malala acordou, todos estavam falando inglês. Sem conseguir falar, ela escreveu em um pedaço de papel. Ela queria saber onde o pai estava e se ela havia levado um tiro. Ela queria saber onde estava. Médicos e enfermeiros explicaram o que tinha acontecido. Eles eram gentis, mas Malala queria a própria família. De volta ao Paquistão, Ziauddin precisava conseguir **passaportes** e outros documentos para viajar. Depois de dez dias, a família de Malala chegou.

No mundo todo, as pessoas mostraram a Malala o quanto se importavam. Elas enviaram milhares de cartões, além de flores, brinquedos e outros presentes. Líderes, **políticos**, estrelas de cinema e cantores famosos escreveram para Malala. As **Nações Unidas** transformaram o dia 10 de novembro no Dia de Malala. Centenas de repórteres foram ao hospital para ver como ela estava. Uma das médicas que cuidava dela, Dra. Fiona, lhe deu um ursinho de pelúcia branco. Malala o chamou de Lily.

A recuperação de Malala ia demorar. Ter uma lesão cerebral significava que ela teria que reaprender a falar e a andar.

— PARA — PENSAR

Como foi que a história de Malala ficou tão conhecida? Por que você acha que tantas pessoas escreveram para ela?

Malala se exercitava em uma academia, fazendo movimentos para fortalecer o corpo. Por fim, Malala estava bem o suficiente para deixar o hospital. Ela estava muito mais forte, mas teria que fazer outras **cirurgias.** Malala estava determinada a ficar boa. Em vez de ficar com raiva do que tinha acontecido, Malala perdoou o homem que lhe deu um tiro. Ela sentia que Deus a tinha deixado viver para poder continuar a ajudar os outros.

QUANDO?

O Talibã ataca Malala.	Malala é levada de avião para um hospital em Birmingham.	Malala acorda no hospital.	Malala está bem o suficiente para deixar o hospital.
9 DE OUTUBRO DE 2012	**15 DE OUTUBRO DE 2012**	**16 DE OUTUBRO DE 2012**	**JANEIRO DE 2013**

Mais forte do que nunca

Malala e sua família se mudaram para uma casa com um quintal coberto de grama e árvores. A vida em Birmingham era mais segura para Malala, mas não parecia seu lar. Muitas casas eram quase iguais. Nenhuma era construída com pedra e barro, e elas tinham telhados pontiagudos em vez de telhados planos, nos quais dava para jogar críquete. Sem a visita dos velhos amigos, Malala achava tudo muito quieto.

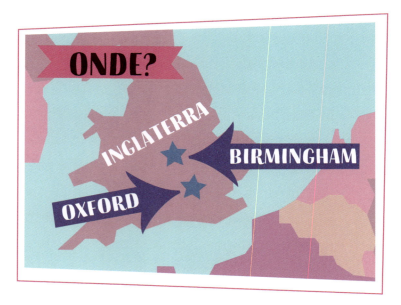

Malala percebeu que as mulheres na Inglaterra podiam ter empregos e escolher o que vestir. As meninas podiam ir à escola. As regras eram as mesmas para todos, e a ordem era mantida sem deixar as pessoas com medo. Essas coisas deram esperança a Malala.

Entre as consultas médicas, Malala se esforçava para se curar e se fortalecer. Ela conversava por vídeo com os amigos em Mingora. Malala sentia falta do Vale do Swat e perguntava ao pai quando eles poderiam voltar para casa. Ziauddin explicou que ela precisava se curar mais. Ele inventava desculpas, porque o Talibã ainda era uma ameaça. Então, Malala percebeu que eles não iam voltar para casa.

Em abril de 2013, Malala estava bem o suficiente para voltar à escola. Ela gostava de poder ir às aulas sem sentir medo. Mesmo assim, Malala se sentia diferente das meninas criadas na Inglaterra. Muitas vezes, sentia-se solitária. Ela lembrou a si mesma que seria mais fácil ajudar as pessoas se ela conseguisse a melhor educação possível. Malala continuou a falar em benefício dos outros.

— PARA — PENSAR

Por que você acha que a tentativa do Talibã de silenciar Malala deixou sua voz ainda mais forte?

 # Educação para todos

No aniversário de 16 anos de Malala, ela foi convidada para falar nas Nações Unidas, em Nova York. Era uma grande honra. Em seu discurso, Malala pediu aos líderes mundiais que oferecessem educação a todas as crianças. Ela foi **aplaudida de pé**. Aos 17 anos, Malala recebeu uma homenagem ainda mais **prestigiada** ao se tornar a pessoa mais jovem do mundo a receber o **Prêmio Nobel da Paz**.

Conto minha história não porque seja única, mas porque é a **história de muitas meninas**.

Malala usou o dinheiro do prêmio para abrir escolas para meninas. Ela criou uma **instituição de caridade** chamada Fundo Malala, para lutar pela educação de meninas. Ela também fez discursos, escreveu livros, apareceu na TV e visitou **campos de refugiados**. O Talibã não silenciou Malala. Em vez disso, ele fez sua voz ficar ainda mais forte.

Aos 20 anos, Malala começou a estudar na Universidade de Oxford, no Reino Unido. Ela estudou **filosofia**, **política** e **economia**. Malala achava a universidade muito empolgante.

Havia clubes para frequentar e novos amigos para conhecer. Mas Malala ainda sentia falta de Mingora.

Então, uma coisa maravilhosa aconteceu. Depois de mais de cinco anos distante, Malala pôde voltar a Mingora para fazer uma visita. Mais de 500 amigos e parentes foram vê-la. Ela disse que foi o dia mais feliz de sua vida. De volta à Oxford, Malala continuou seus

estudos e se **graduou** em junho de 2020. Qualquer que seja a carreira que escolha, ela sabe que vai continuar sendo ativista. Os convites que ela recebe do mundo todo mostram que outras pessoas também se preocupam com a educação. Malala sabe que há mais trabalho a ser feito, mas acredita que, com muitas vozes se juntando à dela, as mudanças irão acontecer. Ela espera que um dia todas as meninas tenham opção de como viver a própria vida.

QUANDO?

Malala fala nas Nações Unidas no seu aniversário de 16 anos. — **JULHO DE 2013**

Malala ganha o Prêmio Nobel da Paz. — **2014**

Malala começa a estudar na Universidade de Oxford. — **2017**

Malala visita o Paquistão. — **2018**

Malala se forma na Universidade de Oxford. — **2020**

CAPÍTULO 8

ENTÃO... QUEM É MALALA YOUSAFZAI?

Desafio aceito!

Agora, você sabe muitos fatos interessantes sobre Malala e a vida dela. Vamos verificar seus novos conhecimentos em um questionário do tipo quem, o quê, quando, onde, por que e como. É divertido ver o quanto você consegue se lembrar por conta própria, mas, se estiver em dúvida, volte e procure as respostas.

1 Quem é Malala?
→ A - Ativista
→ B - Autora
→ C - Palestrante pública
→ D - Todas as alternativas

2 Onde Malala nasceu?
→ A - Birmingham
→ B - Mingora
→ C - Peshawar
→ D - Shangla

3 **Quando Malala nasceu?**
→ A - 12 de julho de 1997
→ B - 11 de setembro de 2001
→ C - 15 de janeiro de 2009
→ D - 12 de julho de 2013

4 **Por que Malala se tornou ativista?**
→ A - Para evitar os irmãos
→ B - Para escapar da escola
→ C - Para dar às meninas as mesmas oportunidades dos meninos
→ D - Para falar com repórteres

5 **Quem fez ameaças a Malala?**
→ A - O Talibã
→ B - Os professores
→ C - Os vizinhos
→ D - O exército do Paquistão

6 **Quando foi que Malala se tornou uma pessoa deslocada internamente?**

→ A - 1997
→ B - 2009
→ C - 2011
→ D - 2019

7 **Por que Malala é um modelo a ser seguido?**

→ A - Por se sair bem na escola
→ B - Por manobras de skate
→ C - Por defender os direitos das crianças
→ D - Por ajudar a mãe

8 **Como foi que Malala espalhou sua mensagem?**

→ A - Blogando e escrevendo livros
→ B - Falando com políticos
→ C - Dando entrevistas à mídia
→ D - Todas as alternativas

9 **Quantos anos Malala tinha quando falou nas Nações Unidas?**

→ A - 100
→ B - 20
→ C - 16
→ D - 14

10 **O que Malala realizou?**

→ A - Inventou um lápis mágico
→ B - Competiu nas Olimpíadas
→ C - Salvou baleias
→ D - Tornou-se a pessoa mais jovem a ganhar o Prêmio Nobel da Paz

Respostas: 1.D; 2.B; 3.A; 4.C; 5.A; 6.B; 7.C; 8.B; 9.C; 10.D

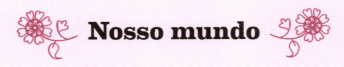

Nosso mundo

A voz de Malala ajudou a fazer a diferença no mundo. Vamos ver algumas das mudanças que seu trabalho inspirou.

→ Graças ao ativismo de Malala, crianças e adultos no mundo todo estão falando sobre educação infantil e procurando soluções. Malala inspirou outras pessoas a compartilharem suas histórias, se tornarem ativistas e a não desistirem. As crianças estão vendo que é possível falar, não importa quantos anos elas tenham.

→ Malala acredita que a paz começa com a própria vida. Ao perdoar o homem que atirou nela, Malala é uma inspiração para todos que sofreram com as ações de outra pessoa.

→ Inspirado por Malala, Gordon Brown, **enviado** das Nações Unidas para a Educação Global, deu início à **petição** de Malala. Ela pedia às Nações Unidas que reassumissem seu compromisso para que todas as crianças fossem à escola. Mais de três milhões de pessoas assinarem a petição. Isso levou o Paquistão a aprovar uma nova lei em 2012. Essa lei oferece educação gratuita para crianças de cinco a 16 anos no Paquistão.

MAIS!

Imagine ter uma vida como a de Malala e reflita em como as ações dela mudaram o mundo.

→ Sabendo tudo o que Malala realizou, você acha que a idade é importante quando uma pessoa quer fazer a diferença? Por quê?

→ De que maneira o objetivo de Malala de acabar com o trabalho infantil se relaciona à educação?

→ Depois de conhecer a vida de Malala, como você se sente em relação à escola? O que pode acontecer se você não receber uma educação adequada?

Glossário

Alá: nome de Deus no islamismo

Alcorão: livro que contém escritos sagrados e é usado pelos muçulmanos

Ameaça: alguma coisa que tem a intenção de fazer mal

Analfabeto: alguém que não sabe ler nem escrever

Ancestrais: os pais, avós e outros parentes mais velhos de uma pessoa ao longo da história

Aplaudida de pé: quando as pessoas se levantam para bater palmas para alguém

Ativismo: ato de tentar mudar coisas que são injustas

Ativista: pessoa que tenta mudar coisas que são injustas

Badminton: esporte praticado com uma raquete que é usada para acertar uma peteca e lançá-la por cima de uma rede

BBC: The British Broadcasting Corporation (Corporação Britânica de Radiodifusão), uma grande empresa de mídia que transmite por rádio, televisão e internet

Blog: site da web no qual um escritor compartilha opiniões, informações e histórias pessoais

Burca: roupa que cobre a cabeça e o corpo de uma mulher, deixando apenas uma pequena fenda nos olhos

Campo de refugiados: moradias temporárias para pessoas que estão fugindo do perigo

Capital: cidade onde se localiza o governo central de um país

Cirurgias: tratamentos médicos que envolvem a reparação de danos ao corpo

Críquete: esporte coletivo jogado com bolas e tacos

Deslizamento de terra: movimento rápido de uma massa de rocha ou terra descendo uma encosta

Ditador: governante que obtém o poder pela força

Economia: ciência que estuda o dinheiro, os bens e os serviços

Educação: estudo formal em uma escola

Embaixador: pessoa de alto escalão no governo que representa o próprio governo em outros países

Enviado: mensageiro ou representante

Extremistas: pessoas com crenças consideradas radicais ou irracionais

Filosofia: estudo de ideias sobre o conhecimento, incluindo o que é certo e o que é errado

Governo: sistema de regras e pessoas que administram um país, estado, cidade ou comunidade local

Graduado: alguém que completou os estudos em uma escola ou universidade

Injustiça: ato ou comportamento que não é justo, correto ou igualitário

Instituição de caridade: organização que ajuda os outros

Islamismo: religião que acredita em Alá e que segue um livro sagrado chamado Alcorão

Justiça: imparcialidade

Mensalidade: dinheiro dado a uma escola para pagar pela instrução

Militantes: pessoas envolvidas em um combate ou em uma causa

Muçulmano: pessoa que segue a religião do islamismo

Nações Unidas: organização política de países membros de todo o mundo que trabalha pela paz e pela cooperação entre as nações

Oportunidades: situações em que é possível ter sucesso

Pachto: idioma iraniano falado pelos pachtuns

Pachtuns: pessoas no Paquistão ou no Afeganistão que falam pachto

Passaportes: documentos usados em viagens para comprovar a identidade e a cidadania de uma pessoa

Pessoas deslocadas internamente: pessoas forçadas a se mudarem de suas casas, mas que permanecem no próprio país

Petição: solicitação por escrito feita a uma organização ou governo

Pobreza: o estado de ser muito pobre

Política: atividades relacionadas ao governo de uma cidade, estado ou país

Políticos: pessoas cujos empregos envolvem tomar decisões para administrar um governo

Postos de controle: lugares, como bloqueios de estradas, onde as autoridades fazem buscas por armas e veem quem está indo e vindo

Prêmio Nobel da Paz: prêmio internacional concedido todos os anos por um trabalho notável na promoção da paz

Prestigiada: importante e admirável

Primeiro-ministro: o maior líder de um país

Purdah: prática de meninas adolescentes e mulheres ficarem escondidas dos homens

Repórteres: pessoas que coletam e relatam notícias

Reputação: opinião de outras pessoas sobre o comportamento ou o caráter de uma pessoa

Talibã: grupo militante com ideias radicais sobre a lei islâmica

Trabalho infantil: uso ilegal de crianças como trabalhadores

Tradições: crenças ou atividades em uma cultura que passam de uma geração para outra

Tremores secundários: pequenos terremotos que acontecem depois de um terremoto maior

Bibliografia

Biblioteca da CNN. **Malala Yousafzai Fast Facts (Fatos sobre Malala Yousafzai)**. Modificado pela última vez em 5 de julho de 2019. CNN.com/2015/08/20/world/malala-yousafzai-fast-facts/index.html.

DIAS, Chelsea. **"10 Ways Malala Yousafzai Has Changed the World" (10 maneiras como Malala Yousafzai mudou o mundo)**. Mic. 23 de julho de 2013. Mic.com/articles/55333/10-ways-malala-yousafzai-has-changed-the-world.

Enciclopédia Britannica. **Malala Yousafzai**. Modificado pela última vez em 24 de abril de 2020. Britannica.com/biography/Malala-Yousafzai.

HAI KAKAR, Abdul. **"Meet the Family Behind Malala" (Conheça a família de Malala)**. The Atlantic. 7 de novembro de 2013. TheAtlantic.com/international/archive/2013/11/meet-the-family-behind-malala/281257.

HARRIS, Alex. **"Top 3 Ways Malala Has Changed the World" (Três principais maneiras como Malala mudou o mundo)**. Plan International UK. 12 de julho de 2016. Plan-UK.org/blogs/thanks-to-malala.

Malala Fund (Fundo Malala). Acessado em 24 de março de 2020. Malala.org.

Noticiário da CTV. **Malala's Impact, Two Years After Her Shooting (O impacto de Malala dois anos depois de levar um tiro)**. Modificado pela última vez em 10 de outubro de 2014. CTVNews.ca/world/malala-s-impact-two-years-after-her-shooting-1.2048562.

The New Humanitarian. **Timeline on Swat Valley Turbulence (Linha do tempo sobre a turbulência no Vale do Swat)**. 11 de fevereiro de 2009. TheNewHumanitarian.org/feature/2009/02/11/timeline-swat-valley-turbulence.

UNESCO. **UNESCO Malala Fund for Girls' Right to Education (Fundo Malala da UNESCO pelo Direito de Estudar para Meninas)**. Acessado em 23 de março de 2020. en.UNESCO.org/themes/education-and-gender-equality/malala-fund.

Washington Times. **Taliban Bans Education for Girls in Swat Valley (Talibã proíbe educação para meninas no Vale do Swat)**. 5 de janeiro de 2009. WashingtonTimes.com/news/2009/jan/5/taliban-bans-education-for-girls-in-pakistans-swat.

We Can End Poverty: Millennium Development Goals and Beyond 2015 (United Nations website) [Podemos acabar com a pobreza: metas de desenvolvimento para o milênio e depois de 2015 — site das Nações Unidas]. "Goal 2: Achieve Universal Primary Education" (Objetivo 2: Conseguir educação primária universal). Acessado em 19 de março de 2020. UN.org/millenniumgoals/education.shtml.

YOUSAFZAI, Malala e LAMB, Christina. **Eu sou Malala: a história da garota que defendeu o direito à educação e foi baleada pelo Talibã**. São Paulo: Companhia das Letras, 2013.

YOUSAFZAI, Malala e WELCH, Liz. **We Are Displaced: My Journey and Stories from Refugee Girls around the World (Estamos deslocadas: minha jornada e histórias de meninas refugiadas em todo o mundo).** Nova York: Little, Brown and Company, 2019.

YOUSAFZAI, Ziauddin e CARPENTER, Louise. **Livre para voar: a jornada de um pai e a luta pela igualdade**. São Paulo: Companhia das Letras, 2019.

Para meus queridos amigos, Fadila Muslim
e Shukri, Huda, Nureddin, Nada e
Yusuf Selmo — os mais charmosos
recém-chegados da Síria ao Canadá.

Agradecimentos

Agradeço a Malala Yousafzai, por ser corajosa e nos inspirar, ainda mais diante de dificuldades e tragédias. Ao se tornar uma figura pública que compartilha de maneira generosa e sincera suas experiências com o mundo, ela permitiu que outros tivessem coragem, crescessem e se unissem na defesa dos direitos das crianças e da educação para meninas. Também agradeço aos pais de Malala — Toor Pekai e Ziauddin — por criarem um ambiente familiar no qual é normal e seguro uma filha explorar seu próprio potencial, mesmo quando as tradições culturais fazem com que esse caminho seja um desafio. Agradeço ao meu marido, Grant Wiens, que facilita a minha vida em todos os sentidos para que eu possa me concentrar nos projetos de escrita que me atraem. Meus sinceros agradecimentos também à minha talentosa editora, Kristen Depken, por seu conhecimento e pelos *insights* profundos, juntamente com Matt Buonaguro e os outros profissionais da equipe da Callisto Media.
— J.M.G.

Sobre a autora

JOAN MARIE GALAT começou a escrever livros aos nove anos, mas só foi publicada aos 12, quando se tornou colunista de um jornal semanal. Agora ela é autora de mais de vinte livros para crianças e adultos. Seus títulos incluem um best-seller nacional canadense, traduções para cinco idiomas e vários prêmios, incluindo um Crystal Kite. Ela recebeu o prêmio Martha Weston, concedido todos os anos a um membro mundial da Sociedade de Escritores e Ilustradores de Livros Infantis (em inglês, Society of Children's Book Writers and Illustrators, SCBWI).

Escritora freelancer, editora e instrutora corporativa, Joan administra a MoonDot Media (MoonDotMedia.com). Seu trabalho freelance inclui escrever discursos, artigos para revistas e até mesmo histórias em quadrinhos. Quando não está digitando, Joan adora ficar ao ar livre, curtir o céu noturno, andar sobre pernas de pau e viajar. Mas a paixão mesmo é pela escrita. Para saber mais sobre suas obras, visite o site JoanGalat.com.

Sobre a ilustradora

AURA LEWIS é autora e ilustradora com mestrado na School of Visual Arts (Escola de Artes Visuais) da cidade de Nova York. Seu trabalho é destaque em livros para crianças e adultos, títulos de programas de TV, artigos de papelaria e publicações editoriais.

Aura se inspira na moda e na cultura de todo o mundo, em cores divertidas, no design antigo e no ativismo social.

Primeira edição Março/2021 · Primeira reimpressão
Papel de miolo Offset 120g
Tipografias Eames Century Modern,
Sofa Sans e Brother 1816
Gráfica Santa Marta